Lom
y los nudones

Para mi Pulga de Mar
que nunca se ha dejado peinar.

Kurusa

EDICIONES
ekaré

Edición a cargo de Verónica Uribe
Diseño y dirección de arte: Irene Savino

Primera edición 2008
© 2008 texto, Kurusa
© 2008 ilustraciones, Isabel Ferrer
© 2008 Ediciones Ekaré

Edif. Banco del Libro, Av. Luis Roche, Altamira Sur,
Caracas 1062, Venezuela.

C / Sant Agustí 6, 08012 Barcelona, España

www.ekare.com

ISBN 978-84-936504-4-5

Lom y los nudones

Kurusa
Isabel Ferrer

Ediciones Ekaré

Lom, el león, vivía solitario en una cueva.
Todos los días se sentaba
sobre una gran roca y se rascaba.

Un día, apareció por allí el Garzón Soldado.

—¿Qué te pasa, Lom? -preguntó.

—**¡AY! Es que me pica** -se quejó Lom.

—Tienes que peinarte -dijo el Garzón Soldado.

-Yo nunca me peino -contestó Lom.

—Mmmmmm -dijo el Garzón Soldado-.
Qué interesante. Veo migas de pan,
chicle y unos moquitos.
También veo unos nudones.

–¿Nudones? –preguntó Lom.

La melena de Lom estaba llena
de nudos, nuditos, nudotes y nudazos.
Y en los nudos, los nudones habían
comenzado a hacer sus nidos.

−¡AYY! ¡Cómo me pica! −gritaba Lom.

−Si te peino, los nudones se irán -dijo
el Garzón Soldado-. ¿Te peino?

Pica, pica, pica.

Rasca, rasca, rasca.

—¿Hasta cuándo me va a picar? —gritó Lom.

—Hasta que te peines
—dijo el Garzón Soldado.
Y siguió su camino.

Mientras tanto los nudones
se acomodaron en la melena de Lom
a comer miguitas. Y susurraban:
−¿Y qué tal si invitamos a nuestros primos los piojones?

Y Lom gritaba: —¡Ay! ¡Me pica!

Por fin, Lom no aguantó más
y salió en busca del Garzón Soldado.
-Ya me puedes peinar -le dijo.
–¡Qué bien! -dijo el Garzón Soldado.
Pero el peine se atascaba en medio
de los nudos y nudazos.
–El peine no pasa -dijo el Garzón Soldado-.
Tendré que cortarte la melena.

-¿Cortar mi melena roja?

-¡Jamás! -rugió Lom.

Los nudones seguían gozando.
De vez en cuando se acordaban
de sus primos los piojones:
–¿Los invitamos o no los invitamos?

¡Ay! ¡Ayyy! ¡Ay! –gritaba Lom– No soporto más.

Y salió en busca
del Garzón Soldado.

-Ya puedes cortarme el pelo -dijo Lom.

—¡Qué bien! -dijo el Garzón Soldado.

Afiló su largo pico y...

¡CLAC! ¡CLAC! ¡CLAC!

Cortó la gran melena roja.

—¡YA NO ME PICA! –gritó Lom.

—Ya no tienes nudos ni nudones
–dijo el Garzón Soldado–.
Pero... tampoco tienes tu melena.

Lom se miró en el río.
¡Qué susto!
–¡Uy! ¿Ese pinchudo tan feo soy yo?
–¡Siiiiiiii! –rieron todos
los animales de la sabana–.
Lom es un puercoespín.

Lom se escondió en su cueva.
Apareció el Garzón Soldado
y asomó su largo pico.
—¿Qué te pasa, Lom? -preguntó.
-Todos los animales se burlan de mí. Y tengo frío.
Siento el viento en mi lomo -suspiró Lom.
—Tu melena volverá a crecer.
Toma este peine.
Ahuyentará a los nudones.
-dijo el Garzón Soldado
y siguió su camino.

–No soy un puercoespín –repetía Lom–.
Soy un león.
De repente, oyó un ruidito
en la entrada de la cueva.
–¿Quién anda por ahí? –preguntó.

Silencio.

Lom se levantó. El ruidito cesó.
Lom se sentó. El ruido volvió a empezar.

Al pie de la roca
había un bebé puercoespín.
Lom miró al puercoespín.
El puercoespín miró a Lom:
—¡Mamá! ¡Te encontré!-gritó feliz
el puercoespincito
y de un salto le dio a Lom
un beso pinchoso en la nariz.
-¡No soy un puercoespín! -gritó Lom-.
¡Y no soy tu mamá!
El bebé puercoespín
tocó el pelo pinchoso de Lom.
—Pinchas como mi mamá -dijo-.
¡Eres mi mamá!

El puercoespín subió por la pierna
de Lom y se sentó en su espalda.
Feliz, se acurrucó como una pequeña pelota
y se quedó dormido.

–¡AAAARGHHHH! –rugió Lom–. Aagghhhh arghhhhh –suspiró.

Sacó el gran peine
que le había dado el Garzón Soldado
y empezó a peinarse.

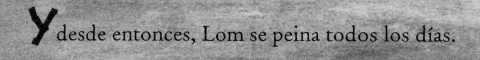

Y desde entonces, Lom se peina todos los días.

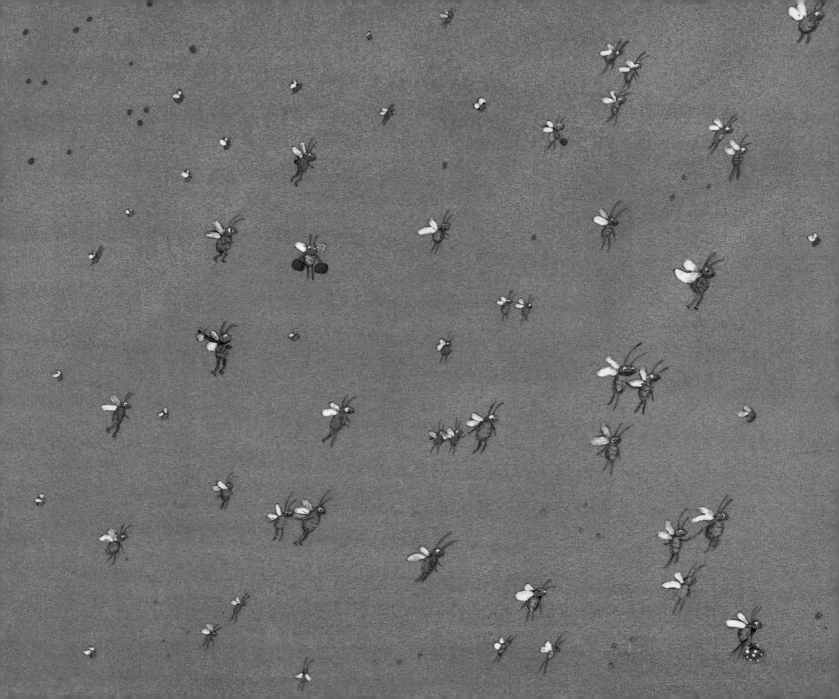